U0744574

阳光文库

榆钱儿

张 铎 —— 著

黄河出版传媒集团
阳光出版社

图书在版编目（CIP）数据

榆钱儿 / 张铎著. -- 银川：阳光出版社, 2019.11
（阳光文库）
ISBN 978-7-5525-5132-7

Ⅰ. ①榆… Ⅱ. ①张… Ⅲ. ①诗集－中国－当代
Ⅳ. ①I227

中国版本图书馆CIP数据核字(2019)第272591号

榆钱儿

张　铎　著

责任编辑　马　晖
封面设计　晨　皓
责任印制　岳建宁

黄河出版传媒集团
阳　光　出　版　社　出版发行

出 版 人　薛文斌
地　　址　宁夏银川市北京东路139号出版大厦（750001）
网　　址　http://www.ygchbs.com
网上书店　http://shop129132959.taobao.com
电子信箱　yangguangchubanshe@163.com
邮购电话　0951-5014139
经　　销　全国新华书店
印刷装订　宁夏凤鸣彩印广告有限公司
印刷委托书号　（宁）0015631

开　　本　720mm×980mm　1/16
印　　张　12.25
字　　数　200千字
版　　次　2019年11月第1版
印　　次　2020年1月第1次印刷
书　　号　ISBN 978-7-5525-5132-7
定　　价　36.00元

版权所有　翻印必究

目录/CONTENTS

第二辑 · 生活的韵

第三辑 · 乡野的雨

第四辑 · 尘世的露

（带★篇目为朗读篇目）

塞上的歌

林中遇雨

雨点儿落到野荷上

声音很响

一阵紧似一阵

我突然有点心痛

眼前的野荷

不停地摇晃

野荷谷

我对花卉

素无研究

在野荷谷

却流连忘返

不是野荷吸引了我

而是可以无拘无束地欣赏

野荷一样的游人

风情万种

一

清风徐来
又是
一场小雨
湿了的风
安静了许多

二

太阳跌到了树梢上
又被弹了起来

三

微风徐来
清香满口

四

湿湿的风
飞不起来了
就在山路上踏步

五

风跑到了
小巷里
左碰右碰
就躺着不动了

六

风在擂门
气还不小
请她进来
好好谈谈

七

打着口哨
在树梢上面

跳来跳去
掀起层层波浪

八

钻来钻去
爬上爬下
又杳无信讯

九

像猫低吟
像虎嘶叫
又像婴儿哭泣

十

那吹不动的
隐蔽着的落叶
多像一支奇兵

小白桦

羞羞答答的
像个小姑娘
眨眼间长大了
就需仰视

在瓦亭

镜头中

出现了一个红衣少女

我没心思再拍瓦亭

只想选个角度

把这个姑娘

留在瓦亭

观香水有感

这旮旯
有香水、臭水、咸水、麻水
就是没有
淡水

林中小语

一

从城里
来到深山
站着走的人
却想——爬着走

二

鸟声停
水声响
山空了
树也变成了人

三

入山愈深

越安静

心却未静

反倒——野了

四

四顾无人

大喊大叫

又蹦又跳

是人

还是兽

林海深处

树弯下腰亲我

我忘情地

跳了起来

树和人

终于达成一致

风中之树

躬着身
随风起伏
一浪高过一浪
我跃跃欲试
有一种
踏浪的感觉

须弥山之一

一个诗人
在这儿写了一首诗
若干年后
就会有人来寻他
如果在这儿
他邂逅了一位女子
那来的人就更多

须弥山之二

太阳帽簇拥着

花花绿绿的阳伞

脸是白的眼睛是亮的

草地绿茵茵

铿锵的节奏欢快的笑声

飘过峡谷飞上蓝天

男的、女的、老的、少的

认识的不认识的同抱着佛脚

在滚滚香火中随风飘散

须弥敞开她博大的胸怀

迎接各色各样的人，又扯下夜幕

掩藏了自己的真像

苦水泉

一

想向你
吐几口苦水
谁料到
你比我还苦

二

你真苦啊
流出的泪
也是苦的

臭水泉

一

第一印象不错
距离近了
味儿就不对了

二

想和你亲近
你一身清白
拒人于千里之外

麻水泉

一

喝点麻水
本想止痛
却更痛了

二

不想再流泪
可没走几步
泪又下来了

桃　花

几枚花瓣
在水中打漩
我眼巴巴
望着她
被流水带走

山中印象

一

风声过后
溪水清亮

二

随风飘扬
亭亭玉立

三

白云行于
蓝天高远

四

一行清泪
日渐稀少

五

涛声依旧
心却怎么
也静不下来

六

云
把蓝天擦得更蓝了
云也更白了

黄河楼远眺

西眺青铜古镇
东望塞上明珠
黄河不开口
默默地青它的古镇
孕它的明珠

西夏王陵

乘凉的游人
躲进王陵的影子
西夏
躲进历史的阴影

沙　湖

敦煌飞天
遗失在沙海里的
一块古铜镜
照在里边的
是一望无际的沙漠

吴忠印象

利通区向黄河靠拢
青铜峡向黄河靠拢
黄河穿城而过
变成了城中河

石嘴山

一个矿工

到星海湖洗了个澡

走上岸

化成了一座

奇石山

山城一瞥

绿的有点慢
也有些困难
似乎很无奈
又很执着

银川的风

银川的风

带着春雨的银白

带着阳光的明亮

带着沙枣的芳香

带着花儿的节奏

带着银川的清洁

哦，银川的风

阅　海

我从山里来

念过小溪

读过泾河

现在开始阅海

渐渐地

心静如水

不再躁动

湖城银川

七十二连湖

七十二变

银川像个姑娘

越变越好看

贺兰山上的雪

冷对人间

白上了天堂

宁　东

太阳

从黄河金岸升起

那儿

就是宁东

贺兰山岩画

是画
还是文字
也许是消失的
西夏历史

鸣翠湖

一

蓝蓝的天
绿绿的水
偶尔飘过一朵
慢条斯理的
白云

二

风来了
翠湖笑了
你来了
我的心田
却起涟漪了

鸟 叫

不知鸟儿
在什么地方叫
我也叫了一声
鸟儿却不叫了

清水河

水清的时候
从心上流过
水浊的时候
从身上流过

阳 光

如水的阳光
像你的笑声
撒了一路

六盘山

太阳从东方跃起

撒下万道金光

六盘山啊让一个摄影师

定格在西海固

展览了一年又一年

沿着那弯弯曲曲曲曲弯弯的道路

老是走不到尽头

六盘山啊，道路显得特别漫长

抬起头山顶上那一抹诱人的绿色

如雾、如烟、又像梦

萦绕在我们的心头

啊，六盘山你不是风景照

也不是商标

你是人生之象征历史之缩影

生活的韵

影子之一

不想让你走
又不敢说
于是，轻轻踩住
你的影子
而你一点感觉
也没有
手都没招就走了

影子之二

远离太阳
影子越来越大
走向太阳
影子愈来愈小

墙

你认识我

我也认识你

三年了

我们没说过一句话

我很客气

你也并不逊色

就这样我们又送去了

三度春秋

你抱着孩子了

我携着新人了

我们说了

六年来的第一句话

"这孩子真乖"

"这是你的妻子"

你第一次正视我

我第一次凝视你

我们看到了什么

也许是一片白云

挑 水

河水，哗哗
"水真清啊！"
"是吗?
咱们这地方，
水好，人也好!"
远处传来一阵笑声
姑娘挑着水走了
小伙儿有些惆怅
捡起一块石子
投入下游的水中
嗵，激起一簇
雪白的浪花
姑娘回过头
嗔怪道"冒失鬼!"

夏　歌

青铜色的肩背
倚在金色的麦捆上
丰收的喜气和着热汗
在闪光的脸上流淌
歇一口气割二十趟
心里浮出一幅画
用金色的麦粒铺成地毯
迎接没过门的新娘

初 吻

你轻轻地

吻了我

我浑身发抖

你很漂亮

笑起来很生动

我横下心

也吻了你

你流泪了

我却不害怕了

思　念

把思念捻成丝
拧成绳子
把你捆起来
看你再跑

地　图

昨天我买了一张
中国地图
一有时间
便看上半天
我发现你那儿
离我并不远

爱的箴言

一

美丽的异性
不是天使
就是魔鬼

二

没有美
就没有生活
没有爱
就没有世界

三

热恋的人
既是美的发现者

又是美的创造者

四

爱情是药
拯救了人类
爱情是酒
令贪杯者麻木

足 音

足音由远而近

由弱到强

我屏住了呼吸

把心悬在嗓门

脚步由强变弱

由近及远

烟雾从头顶升起

我伸手抖掉了

一缕白灰

果园里

树上的
苹果
宛如明媚的
笑脸
又似十五的月亮

远去的
浑圆的
散发弹性的背影
既像苹果
又像月亮

无　题

很想到你家坐坐

可你就是不邀请

昨晚不请自到

你一点也不惊讶

倒让我十分尴尬

亲 人

独自远行
想起远方的亲人
我跺了一下脚
不知他们
感觉到了没有

致——

你是天上的云
我是人间的烟
偶尔，擦肩而过
转瞬即为云烟

我和你

你是月亮
我是太阳
我们生一群星星
把他们养大成人

蓝衣服

乡下的蓝天
没有一丝云
一角蓝天
从眼前飘过
比蓝天
还蓝

远和近

说是远了
其实近了
因为你——
走进了
我的心里

记　忆

闪电的瞬间

发现你噙着泪

我一把揽过你

紧紧地紧紧地

搂住你

即使滂沱大雨

也不能将我们分开

雪后送别

友人看不见了
我突然感到
他不是走远了
而是被雪吞掉了

朋 友

仰望星空
我想起城里的
一个个朋友
各自闪闪发亮
很少碰到一起

午 夜

夜
深不见底
推开窗户
不知想看什么
又害怕
看到什么

下雪了

雪天雪地
一个雪人
竟无处藏身

忆

啊，这浮世
太沉闷了
我的心中
宛如星空
布满了针孔

读史有感

我是我

是悲剧

我不是我

是喜剧

岁 月

一

早上离家
晚上想家

二

灯亮了
是亲人点的
天亮了
是谁点的

三

黑夜降临
依次点燃
人间的灯火

四

小外孙的
一双眼睛
明亮又有神

五

群星灿烂
你在远方
向我眨眼

山 雾

吞掉羊

吞掉牧羊人

吞掉山头

雾的胃口真好

胖得像个大白熊

抓　痕

小外孙

在我的脸上

又写又画

从他的眼睛里

我读出了疑惑

这张白纸轻轻划过

怎么就红了

人

一撇一捺
组成一个人字
既简单又复杂
要写好这个人字
得付出一生的代价
还有些人
一辈子也写不好
这个简单的人字

蝴　蝶

一高一低
几只蝴蝶飞来了
我摆成一棵
树的造型
一只蝴蝶落了下来
还有几只
仍在寻找着陆的地方

尘 土

天天扫地仍然有尘土
怪不得老伴经常让我扫地
不然的话
这人世的灰尘会把我们——
提前埋掉

周末的晚上

一群无忧无虑的

快乐王子

他们海阔天空无所不谈

但谈得最多的还是女人

谈班里的那位美人

谈学校里的那位皇后

谈自己的罗曼史

他们有时把女人捧到天上

有时把女人打进地狱

他们经常谈女人

他们说女人也经常谈男人

所以他们谈女人

从不避嫌疑讲到兴奋处

即使整夜睡不着也毫无怨言

有时他们也想入非非

可真正见了女人霎时全变了样

一个个都成了骄傲的王子

女 孩

傍晚

一个女孩

款款而行

我的心闪闪发亮

照着她前行的

道路

又是春天

下雪了

我们不约而同地

来到村外

我望着你笑了

你望着我笑了

雪消了草绿了花红了

春天又来了

树

你是一棵树
我是一棵树
你在河的那边
我在河的这边
我们相望着生活
我恋着你
你恋着我
我们虽然朝夕相处
却又保持着
一段距离

当我们拥抱在一起时
生活也许是
另外一种颜色

我的那些朋友

朋友

如果你真诚地

对待别人

无论你们相处的

时间长或时间短

只要你们真诚相待

那么，所有的日子

无疑都是一串

美丽的花环

即使不得不

——分离了

若干年后

当你回首往事的时候

你会发现

你的那一段生活

——是你晚年的

太阳和月亮

邂　逅

在人与人之间的

缝隙里

我发现了你

你也发现了我

你很漂亮

没有一点俗气

从你的眼神里

我感到

自己长得也不赖

且很有风度

我突然想和你

谈点什么

谈什么呢

我很纳闷

若干年后

我们又不期而遇

你依然光彩照人
我也风度翩翩
你对着我微笑
我亦报你一笑

奇怪的是
我的心律
竟很正常
这是喜剧
还是悲剧
——我不知道

永恒的距离

每次看到你

心就不由自主地跳

哦，你明亮的眼睛

引发了我心中的火花

你深沉的语调

轻轻地拨动我的心弦

你是一首优美的歌

让我陶醉

你笑意盈盈

洋溢着青春的气息

那纯真的神态宛如一支

美妙的乐曲

你老是甜甜地笑着

心中似乎有无穷的快乐

每次望着你

我仿佛在欣赏一幅

艺术大师的杰作

可望而不可近

心之歌

你独自坐在

大厅的一角

举着一杯

红葡萄酒

慢慢品尝着

偶尔，抬头望一望

大厅里的人

你漫不经心的眼光

与我游移不定的目光

碰到一起时

就像打了一个闪电

我的心跳加速了

大厅里的男人和女人

都望着你

忘记了交谈忘记了喝酒

你坐在那儿

神圣不可侵犯

蓦然，我想走上前去

向你打个招呼

最好能说上几句话

有好多次

我鼓足了勇气

但手脚不听使唤

你走了

在大家的注目礼中

飘然而去

那一举手　一投足

是那样得体

简直妙不可言

我长出了一口气

感觉一下自如了

浑身轻松了许多

小溪的话

从大山里出来

我走得很慢

一边走一边留恋

两边的景物

渐渐地我变得平稳了

我告别了过去

那段艰苦拼搏的时光

适应了四平八稳的生活

有一天我突然想

再驰骋一阵

然而，我跑不动了

我不知道——

是该笑

还是该哭

写给一棵树

你长在山坡上
孤零零的
上，上不去
下，下不来
山顶上的
俯视着山下的
山下面的
仰望着山顶上的
他们都忘记了你
不过，对你来说
认识这一点
或许是一件不幸的事
但这没什么
生活本来就是这样

告　诫

糊涂多了

快乐多

难得糊涂

清醒多了

痛苦多

糊涂难得

黄昏的情绪

信步走着

眼前流动着男人和女人

我茫然若失

突然，感到了一种不自在

背起手把眼光投向灿烂西天

这时，一个漂亮的姑娘

从眼前飘过

留给我一个美丽的背影

又把我交给黑夜

路灯亮了眼前的路

仍然模模糊糊

一个少妇从对面走来

迈着优雅的碎步

夜空似乎亮了起来

而她扬起头

雄赳赳、气昂昂地冲了过去

我仍然信步走着

现在进入视野的

不再是女人
而是一个个不同形象的男人
我揣摩着他们的心思
疲倦得想睡觉

乡野的雨

打工者的梦

枕着胳膊盖着树荫
你睡得很香很香
脸上现出甜蜜的微笑
新房盖好了，鞭炮响了
新娘进门了，你惊坐起来
摸着后脑勺憨憨地笑了

山之子

一

山在眼里
又在心里
若干年后
又是一座大山

二

山沉默我亦无语
久而久之变得木讷
就像山一样

乡　路

出村的路只有一条
可越走越多

回村的路有很多条
可越走越少

少到只有一条
已经走了几百年的
黄色土路

乡土味

出门的时候
大都有一股土腥味
渐渐地土腥气少了
乡味却越来越浓

萧关雷

很少打雷
一打便惊天动地
激动地泪流满面

塞上雨

大雨来了
塞上的人
都很激动
使劲地鼓掌

原州雨

珠帘般的雨滴

激起一簇簇烟尘

好像原州

乐开了花

人　生

从慈母到地母
这中间短短的
一段距离
就叫人生

农夫和蛇

蛇对农夫说
为了报答——
你的救命之恩
我就亲你一口

致友人

老低着头干什么
脚底下又没有答案
要想看得远一点
最好把头抬起来

朋友，我们还年轻
这就是资本
即使一切从头做起
也完全来得及

心

心啊

我没有办法止疼

只好让你痛着

但你千万不要低估

我的疼痛

一点儿也不被你轻

印　象

夜深了

心跳得厉害

我辗转反侧

每一个行为

都令人印象深刻

自 由

回到家乡

看到一头驴子

无拘无束地打滚

我多想也痛痛快快地

打几个滚

只是身上

背负的东西太多

最终也没有

滚起来

静 夜

夜很静很静

我猛击一掌

想打破这种现状

结果寂静涌过来

压得我

喘不过气来

门

门洞开
在这扇门或轻或重的
开合之中
我似乎看到了高邻们
那并不为人所知的
一面

面　具

我的相貌实在寒碜

妻子也记不住

我的面部的特征

有次拥抱她给我

一记响亮的耳光

还怒喝你是什么人

我苦笑了也未作解释

只是摇了摇头

我弄到了一个漂亮的面具

在一个鲜为人知的角落

悄悄地戴上并且整了整衣服

理了理乱发

昂首阔步地跨上了马路

我感到了女人们倾慕的眼光

燃烧的目光

我感到了男人们羡慕的眼光

嫉妒的目光

我高兴极了向家里奔去

妻子扑过来踮起脚尖
给我一个响亮的飞吻
然而，当我摘下面具
她的笑容却僵住了

无　题

小孩子

总爱与小孩子玩耍

年轻人

总爱与年轻人交往

而我随着年龄的增长

越来越不愿与同代人打交道

与年轻人交往不但受尊重

而且有一种安全感

与老年人交往不但受器重

而且有一种优越感

与同代人在一起

我觉得无话可说

与年轻人和老年人

在一起我有说不完的话

演　员

世人都是演员

你是生我是旦

他是净

在大千世界的舞台上

或平平淡淡

或起起伏伏

或轰轰烈烈

有声有色地

演着自己的历史

无　题

一

不想和你说话
只想对牛弹琴

二

你身上
什么味都有
就是没有人味

三

人变成了鬼
比鬼还鬼

四

小的时候
度日如年
而今度年如日

夜 歌

潜藏于波谷的寂静

袅袅上升

撞得黄昏之门铮铮作响

这是一个庄严的时刻

星星开满天空青春不再灿烂

冷寂的天宇噙了一泓泪

淹没了白昼淹没不了记忆

生命如游丝如大漠驼铃

像一支银鸽在黑暗中滑翔

留下一条柔软飘逸

曲曲弯弯的小河

沉郁悠扬之浩歌在天空盘旋

夜在燃烧时间慢慢地亮了起来

古　曲

一种潮湿的感觉迎面扑来

绵绵不断的幽蓝眨着眼睛

注定有这样一个时辰

谁也无法抗拒风声如潮

从四面八方涌来弥漫着腥味

在那夜色潜伏的幽谷

血潮鼓荡生命贪婪地注视着

满是童话的黑山岗

愤懑地立在高坡上呼唤那只不系之舟

爱是一枚青果布满榆树皮般的酸涩

幻想与现实支撑着斑痕累累的脊梁

心灵之光没入远方的星辰

胡　子

他很少说话

每次来静静地坐一会儿

又悄悄走掉

碰到熟悉的人也不理人家

朋友们说他是个怪人

但从他清亮的眸子里

我读出了高傲

他不属于我们这一群

又不得不生活在我们中间

胡子，一个不修边幅的男子

走在人街上穿行在人群中

是那么引人注目

有好几次他前脚走我后脚跟出来

望着他裹紧风衣疾走在人群中

我张开了口但喊不出声

我害怕将人们怪异的目光

引到自己身上

我不希望世人也将我当成异类

望着他消失在人群中

显得那么孤独

我曾劝他离生活近点

人生不只是一种颜色

他盯着我使劲地握手

疼得我叫了起来

他开心地笑了

笑得那样灿烂

背 影

我每天看到的

不是一个个不同的面孔

而是一个个不同的背影

背影，淡淡的轻轻的背影

在我的前后左右晃动

我常有一种被人包围的感觉

面对这些背影

有时候，我视而不见

但更多时候感到一种压抑

甚至喘不过气来

背影，陌生的熟悉的背影

愈来愈大就像一堵墙

挡住了我的出路

而有些背影愈来愈小

就像一缕烟

消失得无影无踪

我寻思自己也可能是那

由小到大

挡住别人出路的背影
抑或是那由大到小
消失得无影无踪的背影

心啊，心

心啊，心
我几乎受不了
生活的煎熬
就要倒下去
而你依然那么
强壮有力
我摸摸胸脯
自言自语道
有你做坚强后盾
我还怕什么

石 头

大风吹得紧

我背着一捆

令人望而生畏的野树枝

慢慢地在山坡上挪动

实在背不动了就在地上爬

汗水流到嘴里咸咸的

无缘无故的我想哭

我想大喊但没力气

望望天瞅瞅地

我真希望出现一个奇迹

突然，我滚了起来眼冒金花

脑海里一片空白

还好树枝被一块石头挡住了

我抱住石头

无声地哭了

幻　觉

我常常害怕

无缘无故地害怕

走在马路上看到汽车

总是躲得远远的害怕它撞上我

走在小巷里不时地抬头张望

生怕什么东西掉下来砸着我

"躲进小楼成一统"时

又觉得百无聊赖时光难熬

走到窗口望着街上的芸芸众生

我设想着自己跳下楼

他们围着我，脸上没有表情

像些木偶神情呆滞

我似乎觉得自己真的跳下去了

身体轻飘飘的直往下坠

啊，我惨叫了一声

浑身发起抖来

茫茫人海

哦，茫茫人海
我不知道自己在寻找什么
是一个童话，也许是一个梦
或许什么也不是，我不想出门
压根儿不想到人多的地方去
有一天一个朋友来访
他问一句我答一句
弄得那位老友扫兴而去
我也感到如今和别人说话
很困难，不过有时候
人们拍拍我的肩膀
说我挺随和，而我想对他说
那是装出来的

绘　画

我的老实巴结的父老
用他们手中的犁铧
在祖先留下来的土地上
执着地勾勒明天
犁尖下翻滚地波浪
是我沉默寡言的乡亲
无言的歌
明天是什么
明天是一幅工笔画
然而，又更像是一幅
凝重地、色彩斑斓的油画

聊 天

真想和你聊聊

关于月亮或者太阳

没有什么目的

就是想和你谈谈

可我们心里想什么彼此都明白

所以你我之间

有一个分明的四季

就可以了

时光可以冲淡记忆

但真情却永远不会褪色

我愿把这页美丽的感情

写在蓝天上

一直到永远

生活啊

生活零乱且又琐碎

永远就像一堆乱麻头

生活枯燥且又寡淡

永远就像一节老玉米

生活永远都很现实

一点诗意也没有

而转瞬即逝的时光

一天比一天遥远

一年比一年渺茫

味道却越来越浓

浓得让人喘不过气来

孤独者

群星闪烁
星汉灿烂
我缓缓的呼吸声
是那么清越
旷野徘徊
倒背双手
我轻轻的脚步声
是那么清楚
大千世界
无穷宇宙
我长长的感叹声
是那么清晰

也　许

我老是把昨天的事
拖到今天
又把今天的事
推到明天
我好像总是期待什么
也许，有一天
突然发生了什么变化
我获得了
梦寐以求的东西
那又怎样

鹰

一朵白云
彳亍在蓝天上
一条渔船
漂浮在大海上
一缕青烟
荡漾在蓝天碧水之间
一只苍鹰
翱翔在青山白云之间

同一条路

有时候
愈走愈短
有时候
愈走愈长

邻 居

从不往来
偶尔相遇了
或优雅的颔首
或交换一下眼神
便迅速走开

我是谁

在家的时候
我觉得我就是我
出门在外
老感觉我不是我

尘世的露

麦 子

一棵棵麦穗

就像一个个发辫

泪花中我依稀看到

麦穗变成了母亲

麦秆变成了父亲

许许多多个父老乡亲

弯着腰在地里劳作

起伏翻滚的麦浪啊

激荡着我对亲人和故乡的

无尽思念

忆童年

邻居的孩子

拿着一块白面馍馍

他看着我咬了一口

越嚼馍馍越白

我咽着唾液

想象着那馍馍的滋味

瓦蓝瓦蓝的天

是那么高远

蒲公英

你从田野里来

擎着一束

太阳般的蒲公英

你去了

望着你纤弱的背影

我把太阳般的蒲公英

举过了头顶

扬　场

风儿轻轻地吹

一锨又一锨

圆鼓鼓的麦粒

急速落下

就像一阵雨

唾几口唾液

搓搓手

父亲的木锨

越举越快

母亲把装满小麦的尼龙袋子

一个个扶起来

然后拍拍打打

就像拍打自己的孩子

雪

快到年底了
还不见雪的讯息
我的爱人
沉不住气了
我知道
她和我一样
来自乡下
土地是我们的
衣食父母
然而她越唠叨
天气越晴朗
哦，我的爱人
话少了
脸黑了
让人感到害怕

终于下雪了
雪花儿

漫天飞舞

我的爱人

像个孩子

支着下巴

爬在窗台上

笑意盈盈

突然，她跳起来

抱着我亲了一下

泪流满面

这情况很少见

我的心田上

像落上了雪花儿一样舒坦

山　民

我们像山一样朴实

像山一样深沉

像山一样憨厚

我们熟悉许多座山

知道那些比人类历史

还要古老的山

也知道那些比人类历史

还要年轻的山

我们没见过海洋

可是没有大山里的

涓涓细流

哪有浩瀚的海洋

事实上

我们把起伏连绵的群山

就看做海洋

当人类文明由黄河移到长江

又移向——

沿海地区的时候

我们看见版图上

那只硕大无朋的雄鸡

振翅欲飞

我们像山一样质朴

像山一样稳重

像山一样心胸开阔

花 儿

烦的时候吼花儿

高兴的时候哼花儿

六盘山花儿啊

回荡在山道道上

盘旋在心窝窝上

六盘山花儿啊

是生活多姿多彩的歌吟

是生命原汁原味的呐喊

想哭不如喊花儿

想笑不如唱花儿

六盘山花儿啊

是大山的声音

是黄土的声音

是酸、是甜、是苦、是辣

一言道不尽

姚五爷

乡下的姚五爷

见我回来

总要说几句话

抽支烟

他忙忙地接上

慢悠悠地吸着

眼睛眯成一条线

左手抱在胸前

双腿弯曲着

自然分开

他朗声朗气

谈着儿女们的光阴

家乡的变化

又低下头悄悄地询问

有关我的事情

讲完了仰起头

哈哈一笑

要分手了

再续一支烟
捻灭剩下的
半截
揣在口袋里
又把这半支
夹在耳轮上

父亲的眼光

每逢开学

我都为学费发愁

父亲东家出西家进

忙着为我筹措学费

眼看到了报名时间

学费还没凑齐

我急得哭了

父亲捧着一捧

闪闪发光的硬币

喏喏地说

先去报名

不够咱们再想办法

父亲好像害怕我

他的双手发抖了

哦，我看到了父亲

内疚的眼光

自责的眼光

羞愧的眼光……

我感到父亲

捧着一捧清泪

我心如刀绞

父亲啊，你那说不清

道不明的眼光

让儿永远难忘

生 活

妻子又说自己老了

早晨梳头

突然发现一根银发

她怔住了

不一会儿

眼泪无缘无故地

流了下来

我问道

你怎么了

她哭得更厉害了

隐隐约约记得

好长时间没有理她了

我有点内疚

心里嘀咕

一天瞎忙些什么

生活不是一个人的事

大家都得配合

于是，我向她道歉

没想到她举起双拳

擂着我的胸脯说

你坏，你坏

是啊，我确实坏

生生地忘记了

——你的存在

赤脚的孩子

放学了

赤脚的孩子

在雪地上飞奔

脚冻裂了

一道道血口子

像婴儿的小嘴

红红的张着

太阳快要落山了

他坐在自家的门台上

抱着冻裂的一双小脚

祈求太阳

像夏天那样晒一阵

打电话

你们在忙什么

也不打个电话

在外读书的女儿

常提醒我们

手机漫游

费用不菲

妻子便给女儿

常发信息

妈妈，别再发信息了

我想听听

你的声音

可女儿的电话

也是太多太长

每逢周末

唠唠叨叨

说个不停

妻子心疼了

提高声音

女儿，你能不能

静下心来

安心学习

电话挂了

信息也很少

妻子又唠叨开了

这没良心的

怎么也不——

打个电话

小小村庄

小村的山是小的

小村的河是小的

小村的树是小的

小村的人也是小的

出门在外的游子

很纳闷

儿时的故乡

一切都很大很大

怎么现在

全都变小了

小到像一枚月亮

挂在蓝天上

天又旱了

风是热的
土是烫的
人是湿的
白花花的太阳
是那么亮

树木喊渴
禾苗叫死
父亲流泪
黑乎乎的太阳
是那么红

山头秃了
田园枯了
人心慌了
火辣辣的太阳
是那么毒

土地的儿子

我是土地的儿子

土天土地

培育了我一个土人

土得掉土

不光浑身有土

连心也很土

土里土气的我

也进了城里

可吃吃喝喝

蹦蹦跳跳

总是学不会

城里人嫌我"土"

土得不知道

享受生活

唉，城里人

哪知道我这个很"土"的人

心里老惦着乡下人

他们还很土啊

我怎么能"洋"起来

羊

羊啊
带你去草场
你很高兴
咩咩叫个不停

拉你去市场
你一声不吭
死活不去

领你去屠场
你清泪盈眶
低头不语

羊啊
我都分不清
草场、市场和屠场
你却分得
那么清

偶　感

如今老了
我才明白
直着腰生活
十分艰难

石　灰

给一点水
你就灿烂

山花儿

花儿升了起来
漫下山坡，飞向天外
花儿啊　孩子们的憧憬
小伙们的春歌
姑娘们的爱情
老人们的希冀

花儿，那高亢雄浑的调子
花儿，那缠绵优美的旋律
曾打动过多少人的心啊
花儿啊　故乡的民歌
故乡的历史
故乡人的心啊

山里女人

山里女人不会哭

不会用泪水洗掉脸上的轻伤红印

也不会捞起棍子打男人

山里女人的眼睛是深渊

男人看了便心惊肉跳

别说再打就是打了也后悔

山里女人不愿把忧愁摆在脸上让人展览

也不愿把苦水泼在男人身上发泄愤懑

山里女人习惯不停地劳作

编筐、缝衣、绣花——

山里女人喜欢用那双

灵巧的小手编织丈夫的憧憬

编织孩子们的梦想

山里女人是平凡的，平凡的就像

养育她们的大山一样

乡村即景

生产队的老牛车
爬在那儿一动也懒得动
车辕上还起了不少"老年斑"
一辆拖拉机满载而归
老牛车望着、望着
浑身不住地发抖

老　人

老奶奶瘦得让人担心
她似乎不爱说话一个人静静地
坐在房间的一个角落
瞅着进进出出的人
她走路极快说话也很快
不注意听便听不清楚
一旦和你熟了
老奶奶的热情便就散发了出来
让每一个人心里暖洋洋的

老爷爷个头不高也很瘦很瘦
他习惯弓着腰一手背在身后
一手端着长长的旱烟锅
慢悠悠地吸烟，脸上挂着微笑
慢腾腾地来回踱步
一幅无忧无虑的样子
逢人还没说话
那笑便从脸上溢了出来

让人倍感亲切

老两口一个说话慢，一个说话快
一个走路快，一个走路慢
老奶奶走上一段总要等老伴
并要埋怨几句老爷爷也不反驳
依旧不紧不慢地走着
笑眯眯的显得不慌不忙

新 房

年轻时
你撞进心房
我们携手
走进新房

几十年
转瞬即逝
你又搬进心房
赶也赶不走

榆　树

在干旱的山区
在贫瘠的高原
有好多种树
都不屑在那儿
——扎根
唯有那么一种树
情愿落户
那就是
——塞上榆
我的故乡
遍布着这种树
它就像我的
父老乡亲一样
顽强地生活在
那块贫瘠的土地上
我工作的地方
树种上后
还要浇水

甚至还要施肥

就这样

有些树

还活不了

我想到故乡的榆树

自打挖上个坑

随意栽上后

谁管过它

更不要说

浇水施肥了

然而它们

却活得很精神

一到春天

便郁郁葱葱

老 家

不想回家
老家也会
越来越近

天　堂

小时候
奶奶说天堂很美
人死了可以进去
于是，有一天
我对奶奶说
我想死了去进天堂
奶奶却说
没有天堂

三代人

发现父亲像祖父时
觉得有点好笑
发现自己像父亲时
却怎么也笑不起来

盼　雨

望着蓝天
没有云
也没有雨
泪却下来了
比雨还多

太　阳

太阳啊
就像我的亲人
一直温暖着我

亲人啊
就像我的太阳
一直照耀着我

讲古今

肚子咕咕叫

我睡不着

祖母就讲古今

开头讲得我

口水直流

不觉饿了

后来越讲越害怕

不敢睁眼

不知不觉

就睡着了

怀念祖父

祖父走了

可我觉得他还活着

就在小村的某个地方

跑遍了小村的

——角角落落

我试图找到祖父

太阳快要落山了

还没有找见

于是，我站在村口

对着旷野大喊

爷爷——

你快点回来

奶奶等你吃饭

哦，我的回声

怎么把黑夜

也带来了

真实的生活

爷爷活着

奶奶死了

奶奶死的时候

爷爷哭了

哭得很伤心

我没有哭

有一天，我突然问爷爷

想不想奶奶

他摇摇头

我的鼻子一酸

情不自禁地说

奶奶——

爷爷把你忘了

一滴泪水

一

又得走了
我拖了又拖
一次次
欲言又止
久病的母亲
似乎感觉到了什么
紧紧地
紧紧地
拉住我的手
好像害怕什么
又想说什么

二

不知什么时候

她的眼角

渗出一滴泪

渐渐地

她垂下了——

自己的手

一副无助的样子

而那滴泪

一直挂着

直到我走时

也没有滚下来

三

母亲

走了

我拉起她的手

一点反应也没有

就像睡着一样

显得很安详

而那滴泪

突然从我的眼里

滚了出来

怎么也挂不住

中秋月

明月高挂

群星隐耀

故去的母亲

独坐树下

默默地

注视着我

背 影

祖母不理我

祖父不理我

母亲也不理我

他们都不理我

只留一个个背影给我

任凭我怎么喊

也不答应

任凭我怎么追

也追不上

我不禁悲从中来

伤心地哭了

妻子推醒了我

问我咋了

回想刚才的事情

我紧紧地搂住妻子

生怕她也离开我

牵 手

母亲牵着我

将我交给爱人

爱人牵着我

将我交给女儿

女儿牵着我

将我又交给母亲

而我竟没有——

牵住母亲的手

让她撒手人寰

啊，一生中几个重要的女人

给我生命

给我爱情

给我希望

而我带给她们什么……

孩　子

小的时候
我是父亲母亲
淘气的孩子
而今，老父老母
是我可爱的孩子
特别听话的孩子

家

家是什么
家是母亲、父亲
如果他们都走了
那离家的人
就真成了
浪迹天涯的
游子

我陪双亲逛银川

秋收之后

带着收获的喜悦和疲倦

二老从小村来到城里

他们像孩子一样

趴在车窗看行人

车流以及齐天的高楼

又不时地一个拉着

一个的衣袖

悄悄说着什么

在出租车的后视镜里

我看到了双亲的惊讶和兴奋

在南门广场、中山公园……

他们或坐或站或蹲

照了一张张合影

只是在典农河河边

他们照完相后，用手轻轻划着水

感叹道："这么多的水，

白白流掉多可惜！"

作为他们的儿子

我抬头望着

览山一带宽阔的水面

禁不住心潮起伏

热泪盈眶

乡 音

车站里
人头攒动
一声久违的乡音
竟使我热泪盈眶

父与子

越来越像父亲
可我又多么
不想像父亲
而当我不像父亲时
却又发现自己
活得不像个人

梦回故乡

恍惚间回到故乡
看到了许多亲人
还有儿时的伙伴
我笑出了声
伸手不见五指
拉开灯
回想刚才的经历
禁不住泪流满面

大　哥

大哥小时候
胆子小也不爱说话
有一次玩耍一个同学用砖块
砸破了我的头，血流了下来
同学们的小脸都白了
这时大哥发疯似的冲进人群
可是他没有带我去包扎
只是不停地大声说
谁打了我弟弟，谁打了我弟弟……
说着，说着，他哭了起来
大哥一哭，我觉得头有点疼
也哭了起来